Hersteller / Manufacturer (GPSR)
Storylution GmbH, Biberstraße 5, 1010 Vienna, Austria
E-Mail: story.one@story.one

R.B. Ostrich

Felias Weg durch den end-losen Wald

 story.one

Dieses Buch ist all den Träumern gewidmet, die einfach nicht den Arsch hoch kriegen und endlich mal drauf los schreiben! Aber vor allem muss ich hier meiner besten Freundin Phiedermaus danken sowie meinem Partner Flo. Ohne sie hätte ich nie so viel Antrieb gehabt, überhaupt etwas zu schreiben. Also dafür und noch für so vieles mehr: Ich danke euch!

INHALT

Prolog

Wir befinden uns in einem schier endlosen Wald, der sich über mehrere Kilometer erstreckt und scheinbar kein Ende nehmen will. Majestätisch ragen die verschiedenen Arten von Bäumen in den Himmel empor und malen ein Bild aus verschiedenen Grüntönen auf die Landschaft. Wo man auch hinblickt erstreckt sich das Leben, in Bergen und Tälern, sogar auf dem höchsten Gipfel hat sich der Wald eingenistet und überblickt so jeden noch so kleinen Winkel seines Reiches. Er kennt keine Grenzen und breitet sich immer mehr aus. Hier kommt jedoch eine kleine Spezies namens „Mensch" ins Spiel. Wenn man nämlich genau in den Wald hineinsieht, so merkt man, dass hier und dort kleine bis größere Flächen entstanden sind. Manche dieser Flächen sind Wiesen, andere sind Felder und die besonderen sind kleine Dörfer und immer größer werdende Städte. Doch eines haben sie alle gemein: sie sind umringt von Wald, beinahe abgegrenzt voneinander. Nur verbunden durch kleine, verschlungene Pfade, die einen unachtsamen Wanderer in die Irre führen können. Nur wenige trauen sich freiwillig in den Wald hinein, und nur selten findet ein Verirrter den Weg zurück nach Hause. Tiere, ob nun groß oder klein, können hier ohne große Furcht leben, doch nur wenigen Menschen gewährt dieser Wald Zuflucht, nur hier und dort befindet sich mal eine kleine Hütte, eine bewohnte Höhle oder auch mal ein einfach zusammengeschustertes Baumhaus. Nur selten verbringt ein Mensch seine gesamte Lebensspanne in diesem nichts verzeihenden Wald. Doch nehmen wir nun ein bisschen Abstand zu diesem gefährlichen Ort.

Diese Geschichte beginnt in einem sehr kleinen Dorf, weit weg von großen Städten, welches von einigen Feldern umgeben ist. Auf einigen wird Getreide angebaut, auf anderen sieht man Kühe beim Grasen. Je näher man dem Dorf kommt, desto mehr Geräusche mischen sich unter das Flüstern des Waldes. Da ist ein Hof mit Hühnern, ein Stall mit Schweinen, eine Weide mit Schafen. Es ist mitten im Jahr und alle Dorfbewohner gehen ihrer alltäglichen Arbeit nach, sei dies nun Landwirtschaft betreiben, den Haushalt führen, Backen, Schmieden oder Küfern. Sie achten aufeinander, helfen sich gegenseitig und sind zufrieden mit dem, was sie haben. Eine junge Frau im zarten Alter von 17 Jahren lebt etwas abseits der Gemeinde in einer kleinen Hütte, die von mehreren Zäunen umgeben ist. Vor nicht allzu langer Zeit verlor sie ihre Eltern und muss sich nun allein durchschlagen, aber es geht ihr gut. Sie bekommt Hilfe vom Dorf und auch der Sohn des Bäckers scheint sich für sie zu interessieren. Noch weiß sie nicht, was auf sie zukommen wird. Sie weiß nicht, was der Wald für sie geplant hat. Was wohl mit einem Menschen passiert, der aus seinem alltäglichen Leben gerissen wird?

Von weitem hört man ein Raunen tief aus dem Wald dringen, das Klimpern von Metall auf Metall, welches immer näher kommt. Unheil liegt in der Luft. Die Meute ist nur noch wenige Tage von dem kleinen Ort entfernt. So soll nun das Schicksal seinen Lauf nehmen.

"Ein Augenblick kann einen Tag verändern, ein Tag kann ein Leben verändern, ein Leben kann eine Welt verändern."
Buddha

Kapitel 1: Das Dorf

Felia lebte einst in einem kleinen Dorf, abseits der großen Städte. Es war umgeben von hohen Bergen und tiefen Wäldern und ihre kleine Hütte stand weit abseits der anderen Häuser. Jeden Morgen brachte sie die Schafe zur Weide, hütete sie dort bis zum späten Nachmittag, um dann wieder nach Hause zurückzukehren. Dann wurden die Ställe gemistet, das Heu aufgefüllt und die Jungtiere versorgt. Einmal in der Woche ging sie zum Marktplatz um dort Wolle und Schnitzereien, die sie während des Hütens herstellte, zu verkaufen.

„Wie immer fleißig, unsere kleine Felia", meinte die alte Dame vom Gemüsestand. Sie war immer sehr nett zu ihr gewesen, ab und zu gab sie ihr sogar altes Gemüse mit, welches niemand mehr kaufen wollte.

Aber auch die anderen Dorfbewohner waren ihr stets wohlgesonnen. Mal gab es hier etwas Brot, dort mal eine Einladung zum Abendessen oder auch Obst aus den Gärten. Einerseits war

Felia froh um diese Freundlichkeit, die ihr entgegengebracht wurde, andererseits hörte sie die Dorfbewohner immer wieder tuscheln.

„Das arme Mädchen. Ganz allein in der kleinen Hütte."

„Schrecklich, dass sie so früh ihre Eltern verloren hat."

„Jemand sollte sich um sie kümmern."

So ging es schon seit Felias Eltern vor zwei Jahren von ihr gegangen waren. Alle redeten über das Leid ihrer Familie. Aber das war auch gut so, dachte sich Felia, denn so mussten sie nicht selbst über ihr eigenes, kleines Leben nachdenken, es lenkte sie ab.

„Irgendwann gehe ich fort von hier. Irgendwann werde ich die Welt sehen. Weit weg von diesem kleinen Dorf mit ihren kleinen Problemen." Sie legte sich in ihr hartes Bett, zog ihre Decke bis unter das Kinn, lauschte den Geräuschen der Nacht, die durch das offene Fenster zu ihr drangen und schlief ein.

Als der Morgen anbrach, brachte sie die Schafe zur Weide, hütete sie bis zum späten Nachmittag und kehrte dann zurück. Doch je näher sie dem Dorf kam, desto seltsamer kam ihr alles vor. Es stieg Rauch aus der Ferne auf und es war kein Laut zu hören, nicht einmal die Tiere aus dem Wald waren zu hören. Sie brachte ihre Schafe nach Hause, doch versorgte sie nicht gleich. Sie wollte ins Dorf und nachsehen, was los war.

Als sie an den ersten Häusern ankam, stieg ihr ein süßlicher Geruch in die Nase, vermischt mit Rauch und Asche. Dann sah sie es: Auf den Straßen lagen viele der Dorfbewohner. Erstochen, enthauptet, verblutet. Viele der Häuser waren verbrannt, der Boden war aufgewühlt von vielen Fuß- und Hufspuren. Schockiert setzte sie ihren Weg durch die leeren Straßen fort. Eine Frau lag im Eingang ihres Hauses, ein Mann lehnte an einer Wand mit aufgerissenen Augen.

Felia kehrte zu ihrer kleinen Hütte zurück und saß einige Stunden auf der Treppe vor dem Eingang, bis eine Truppe von Reitern an ihrem Haus durch kamen.

"Wer nicht weiß, wohin er will, der darf sich nicht wundern, wenn er ganz woanders ankommt."
Mark Twain

Kapitel 2: Der Wald

„Junge Dame, kehrt in Euer Haus ein, es wurde uns berichtet, dass eine Bande von Dieben und Mördern hier in der Gegend ihr Unwesen treiben." Der Mann zu Ross klang besorgt und schaute beunruhigt zu den dünner werdenden Rauchfahnen, die aus dem Dorf aufstiegen. Felia nickte betäubt, stand auf und ging in ihre Hütte. Von draußen hörte sie das sich immer mehr entfernenden Hufgetrappel der Pferde.

Sie sah sich in dem kleinen Zimmer um. Der alte Holztisch mit den drei Stühlen stand schon lange ungenutzt nur herum. Ihr Bett, welches in einer Ecke stand, war schon immer viel zu hart gewesen. Im Kamin lag noch Asche vom letzten Winter, wieso sie auch weg tun? Etwas Dreck hat Felia noch nie gestört, und sonst war keiner da, der sich hätte beschweren können. Eigentlich hielt sie hier nichts mehr. Nun waren wirklich alle weg, die ihr, wenn auch nur ein klein wenig, am Herzen lagen.

Sie nahm sich die alte Umhängetasche mit dem kleinen Loch an der Seite, welche ihrer Mutter einst gehört hatte, stopfte zwei Paar Wechselklamotten ein, eine leichte Decke, ein Laib Brot und ein Stück Käse. Mit einem letzten Blick in den fast leeren Raum verließ sie ihr Zuhause. Sie machte das Gatter für die Schafe auf, sie sollten die Chance bekommen auf eigenen Beinen stehen zu können, dann machte sie sich auf den Weg.

Sie folgte der holprigen Straße weg vom Dorf, in den tiefen Wald und in die Berge hinein. Von den älteren im Dorf hatte sie gehört, dass sich am Ende des Pfades eine große Stadt befand. Die ersten Schritte fielen ihr noch schwer, sie war nun wirklich auf sich allein gestellt, ohne die freundliche Dame vom Gemüsestand, ohne den netten Bäcker, ohne die frechen Nachbarskinder. Doch nun auch ohne Verpflichtungen, ohne sich darüber Sorgen zu machen, was man wohl über ihr Fortgehen denken würde. Je weiter sie lief, desto leichter fiel ihr es.

Als die Nacht kam, kletterte sie auf einen Baum, denn sie hatte von Wölfen im Wald gehört. Sie kuschelte sich in ihre Decke, setzte sich in eine angenehme Position und versuchte zu schlafen. Trotz dieser unbequemen Position war es ihr möglich sich auszuruhen. Ausnahmsweise war sie nun dankbar für all die Jahre in diesem harten Bett.

Sobald die Sonne aufgegangen war, setzte sie ihren Weg fort, dem Pfad folgend. Sie musste immer wieder kleine Pausen einlegen, solch ein langer Fußmarsch war sie nicht gewohnt. Ihre Füße schmerzten und auch ihr Proviant ging langsam zur Neige. Sie hatte die Entfernung vollkommen falsch eingeschätzt. Durch die Erzählungen der reisenden Händler wusste sie zwar, dass die Welt wirklich groß war, aber dass ihr Dorf so weit weg von der Zivilisation war hätte sie niemals gedacht. Das erklärte wenigstens die wenigen Besucher, die vorbeikamen.

Als nun schon der zweite Tag sich dem Ende näherte, war Felia völlig aus der Form. Auf der Suche nach einem passenden Baum sah sie in nicht allzu großer Ferne ein Leuchten im Wald. Als sie sich näherte, stand vor ihr eine Holzhütte, umringt von großen Tannen. In einem der Fenster brannte Licht.

"Sei die Heldin deines Lebens, nicht das Opfer."
Nora Ephron

Kapitel 3: Die Hütte

Felia näherte sich langsamen Schrittes der dunklen Hütte. In der Dämmerung der Nacht wirkte dieses kleine Gebäude riesig und bedrohlich, doch das warme Licht aus dem Fenster schien sie förmlich anzulocken. Sie lauschte kurz an der Tür. Von drinnen war ein Gespräch zu hören, es schienen gerade zwei Leute zu diskutieren. Felia hörte genauer hin, doch konnte sie nicht herausbekommen, wovon drinnen gesprochen wurde. Ob es wohl unhöflich wäre um diese Zeit zu stören? Aber sie hatte Hunger, und der Gedanke, wieder auf einem Baum schlafen zu müssen, schreckte sie ab. Sie nahm ihren ganzen Mut zusammen und klopfte vorsichtig an. Plötzlich wurde es still in der Hütte. Felia meinte, noch ein leises Flüstern zu hören, aber auch das war plötzlich verstummt. Sie trat einen Schritt von der Tür weg. Vielleicht sollte sie doch wieder gehen? Doch dann öffnete sich die schwere Holztür mit einem lauten Knarren.

„Wer ist da, zu so später Stunde?" Ein Mann machte auf. Er war groß, hatte einen strubbeligen Bart und seine Haut schien von der Sonne stark gebräunt zu sein.

„Tut mir leid, werter Herr. Ich suche nach Schutz vor der Nacht und hatte Hoffnung, hier ein Obdach zu finden."

Der Mann trat einen Schritt hinaus und sah sich um, als ob er noch mehr Besucher suchen würde. Scheinbar zufrieden, dass sie alleine war, nickte er knapp und ließ Felia eintreten. Der Raum war klein mit einem hell erleuchteten Kamin an der Seite. Auf dem Tisch standen zwei Schüsseln. Sie hatte die Bewohner wohl gerade beim Abendessen gestört. Doch der Besitzer der zweiten Schüssel war nicht zu sehen.

„Setz dich und iss was. Du siehst ja recht mager aus." Der Mann zeigte zu einer der Schüsseln und lies Felia dort Platz nehmen.

Ihr Hunger ließ sie nicht lange zögern. Sie setzte sich und begann die Suppe, die noch in der Schüssel war, zu essen. Aber irgendetwas war seltsam. Nach einer Weile sah sie sich um und sah, dass eine Tür, die in einen hinteren Raum führte, einen kleinen Spalt geöffnet war. In dem Moment, in dem sie hingesehen hatte, sah sie ein Augenpaar, das sie genau beobachtete. Der Mann stand auf.

„Hier ist ein Bett, das du heute Nacht nutzen kannst." Er führte sie in ein Zimmer. Felia bedankte sich, ging in das kleine Zimmer, legte ihre Tasche auf einen kleinen Hocker und legte sich in das harte Bett, welches jedoch immer noch bequemer war als ein Baum. Es dauerte nicht lange, bis sie eingeschlafen war, doch kurz vor dem Morgengrauen wurde sie geweckt. Eine magere Frau mit zerrissener Kleidung hatte sich in ihr Zimmer geschlichen und stand nun neben ihrem Bett.

„Ihr müsst hier sofort verschwinden. Bitte. Sobald es Morgen wird, lässt er Euch nie mehr gehen. All die armen, verirrten Leute... Ach... Bitte geht. Sofort." Tränen schossen in ihre kleinen Augen. Etwas war Felia nicht geheuer. Sie nahm ihre Tasche und verließ durch ein kleines Fenster den Raum. Was für eine seltsame Begegnung. Sie setzte ihren Weg fort. In der Ferne hörte sie den Schuss eines Gewehres.

"Ein gesundes Alter
ist zugleich
lebensfroh."
Jacob Grimm

Kapitel 4: Der Alte

Nun war Felia schon ein paar Tage unterwegs. Hatte sie eine falsche Richtung eingeschlagen? Müde und erschöpft setzte sie einen Fuß vor den anderen, immer darauf bedacht, nicht auszurutschen oder umzuknicken, was ihr in den letzten Tagen sehr oft passiert war. Irgendwann musste doch die Stadt vor ihr auftauchen. Sie hatte auch schon lange keinen Menschen mehr gesehen. Alles wies darauf hin, dass sie auf dem falschen Weg war. Nur was sollte sie nun tun? Sie kannte sich hier nicht aus, daher empfand sie es als das Beste, einfach weiterzulaufen. Irgendwo musste sie ja ankommen. Und das tat sie auch:

Am Morgen des siebten Tages kam sie über einen kleinen, schmalen Weg zu einer niedrigen Mauer auf einer Lichtung im Wald. Dort standen ein paar Kühe und grasten. Ein eindeutiges Zeichen, dass hier Menschen sein mussten. Sie blickte sich einen Moment um und sah einen jungen Mann, der auf die Kühe aufpasste. An seiner Seite saß ein kleiner Hund, der sie scheinbar sofort entdeckt hatte und anschlug. Der junge Mann sah zu ihr auf und nickte ihr begrüßend zu, während er versuchte, den Hund wieder zu beruhigen.

„Entschuldigt die Störung, doch könnt Ihr mir sagen, ob ich hier irgendwo eine Unterkunft und etwas zu Essen finden kann?" Sie versuchte so höflich wie nur möglich zu sein, um sein Vertrauen zu gewinnen. Sie selbst war früher auch eher misstrauisch, wenn Fremde aus dem Wald zu ihnen ins Dorf kamen. Doch der Junge lächelte freundlich und nickte.

„Ihr kommt zur rechten Zeit in unser Dorf. Heute Abend findet eine Feier zu Ehren unseres Dorfältesten statt. Dort wird es Speis und Trank geben. Folgt nur weiter diesem Weg. Sagt den Leuten dort, Hans schickt Euch." Felia bedankte sich und tat wie ihr gesagt wurde.

Im Dorf angekommen, wurde sie freundlich von vielen jungen Menschen begrüßt. Alle hießen sie willkommen und wiederholten, was Hans gesagt hatte. Heute sollte ein großes Fest stattfinden für den Ältesten.

„Was für ein faszinierender Mann muss das wohl sein, wenn er so sehr gefeiert wird", dachte Felia und machte sich auf die Suche nach der Hütte des Mannes. Nach einigem herumfragen, erreichte sie ihr Ziel und klopfte an die Tür. Ein Mann mittleren Alters öffnete. Sie stellte sich kurz vor und meinte zu ihm, wenn sie heute schon bei der Feier dabei sein darf, wolle sie gerne den Gefeierten persönlich ihre Glückwünsche übermitteln. Ein trauriges Lächeln huschte ihm über die Lippen und er bat sie hinein.

Es war eine kleine Hütte, aber sie war gemütlich und warm. Der Mann ließ sie am Tisch Platz nehmen und bot ihr eine Tasse Tee an. Dankend nahm sie die dampfende Tasse an und nippte daran. Sie sah den Mann noch einmal an, der sich ihr gegenüber ebenfalls hingesetzt hatte.

„Entschuldigt meine etwas unfreundliche Frage, aber wie alt seid Ihr? Ihr wirkt nicht gerade wie ein alter Greis." Der Mann lachte kurz auf, dann wurden seine Augen finster und traurig.

„Ich werde heute 50 Jahre alt."

"Was für ein herrliches Leben hatte ich! Ich wünschte nur, ich hätte es früher bemerkt."
Colette

Kapitel 5: Das Gesetz

Nun nahm auch er seine Tasse in die Hände, nippte kurz dran und stellte sie wieder zurück.

„Als du heute durch unseren kleinen Ort gelaufen bist, hast du da mal all die Menschen hier angesehen?"

Felia überlegte. Da war der junge Mann bei den Kühen, die Leute auf dem Marktplatz, der Mann, der ihr den Weg zu diesem Haus gezeigt hatte. Sie alle waren kaum älter als 40 Jahre, die meisten waren jünger. Sie sah den Mann verwirrt an. Er lächelte sie an und begann zu erzählen.

„Du musst wissen, hier in unserem Dorf wird man nicht älter als 50 Jahre." Er lehnte sich in seinen Stuhl zurück und sah aus dem Fenster. „Früher, weit vor meiner Zeit, gab es hier viele alte Menschen. Die Jungen mussten viel für sie tun, sie pflegen und sich um sie kümmern, aber die täglichen Arbeiten durften auch nicht vernachlässigt werden. Dann brach jedoch eine entsetzliche Krankheit über sie, welche die meisten der Älteren nicht überlebten. Die Trauer war groß, jedoch fielen nun viele Arbeiten leichter. Wenn man sich nicht mehr um die Alten kümmern musste, fühlte man sich freier, erholter, glücklicher, so wurde es zumindest damals empfunden." Wieder nahm er einen Schluck Tee aus seiner Tasse. „Es wurde lange darüber diskutiert, doch dann kam die Mehrheit zu dem Beschluss, dass ein Höchstalter festgelegt werden soll. Sobald man 50 Jahre alt wurde, sollte man zur Ruhe gebettet werden, da man sonst nur eine Last für die Gemeinde sei. Heute ist es an mir, die Gemeinde zu entlasten." Er wirkte müde, als er seinen Kopf sinken ließ und ihn auf seine Hände stützte.

„Ihr wollt mir damit also sagen, Ihr werdet heute sterben?" Wieder ein trauriges Lächeln des Mannes.

„Ach, das ist schon in Ordnung so. Ich hatte eine wunderbare Frau, die schon vor Jahren von mir gegangen ist. Mein Sohn ist kaum noch zu Besuch, da er sich um seine eigene Familie kümmern muss. Ich habe zwei fantastische Enkelkinder, die von Tag zu Tag größer werden.

Wenn ich nicht mehr bin, muss sich mein Sohn keine Sorgen mehr um mich machen, seine Familie kann dieses Haus für sich nutzen und ich finde meinen Frieden in genau diesen Gedanken." Er schloss die Augen und schien glücklich zu sein. „Wenn die Feier heute beendet ist, darfst du gerne hier übernachten. Ich werde mein Bett dann sicher nicht mehr brauchen."

Am Abend begann dann die Feier. Es wurde getanzt und gelacht zu fröhlicher Musik. Alle Bewohner des kleinen Ortes hatten sich versammelt und jeder trug seinen Teil bei. Es gab Essen, Getränke und Spiele. Überall wurde gesungen und jeder hatte scheinbar eine Geschichte über den alten Mann zu erzählen. Felia beobachtete dieses für sie seltsame Spektakel. An einem großen Tisch saß der Alte, umringt von einer fröhlichen Familie. Ein junger Mann schenkte ihm roten Wein in einen Krug ein. Er lächelte, versuchte seine Fassung zu wahren. Der Alte stand auf, umarmte ihn zärtlich und setzte sich zurück auf seinen Stuhl. Die Musik verstummte, alle Blicke wendeten sich ihm zu. Er hob den Krug, flüsterte ein leises „Danke" und leerte das Getränk in einem Zug. Er schloss die Augen und der junge Mann neben ihm sank zu Boden und weinte bitterlich.

"Man weiß nie, wem man auf dem Weg begegnet."

Kapitel 6: Der Weg

Felia verweilte noch ein paar Tage in dem Dorf der jungen Leute. Die Bewohner waren nett zu ihr und boten ihr ein Zuhause an, doch sie lehnte ab, packte sich Proviant ein und zog weiter. Sie lief los und wollte diesen Ort hinter sich lassen. Den Ort mit den freundlichen Menschen, die ihrem Tagesgeschäft nachgingen. Den Ort, der schon bald die nächste große Feier ausrichten würde. Was dachten sich diese Menschen nur? Und gab es niemanden, der einfach fort gehen würde? Als sie ein paar der älteren Menschen dort gefragt hatte, ob sie nicht lieber woanders leben wollen würden, verneinten alle und gaben an, dass sie hier in diesem Dorf glücklich waren, hier aufwuchsen und hier auch sterben wollen. Dass ihr Todestag fest stand, störte sie scheinbar nicht.

Felia folgte nun also dem Weg vor ihr. In der kurzen Zeit, in der sie nun schon unterwegs war, hatte sie Einsamkeit, Freundlichkeit, Angst, Trauer und noch vieles mehr kennengelernt.

Es gibt so viele verschiedene Menschen auf dieser Welt und ich kenne nicht einmal einen Bruchteil von ihnen. Die Dorfbewohner hatten ihr den Weg zur Stadt erklärt, aber auf einmal hatte sie es nicht mehr so eilig, dorthin zu gelangen. *Wenn ich Umwege in Kauf nehme, dann könnte ich noch viel mehr Menschen kennenlernen. Ich weiß viel zu wenig von dieser Welt.*

Als es langsam Nachmittag wurde, setzte sie sich an den Wegesrand auf einen umgestürzten Baum und holte ein kleines Bündel mit Essen aus ihrer gut gefüllten Tasche. Diesmal wollte sie etwas sparsamer mit allem umgehen, da sie nicht wusste, wann sie wieder auf eine Ortschaft treffen würde. Als sie die ersten Bissen genommen hatte, lauschte sie in ihre Umgebung hinein und hörte auf einmal einen leisen Gesang. Es war eine liebliche Stimme einer Frau, die näherzukommen schien. Und tatsächlich trat eine junge Frau aus dem Wald, die sich erschrak, als sie merkte, dass sie nicht allein hier unterwegs war.

„Entschuldigt, ich wollte Euch nicht erschrecken", meinte Felia.

„Ach nein! Ich war nur etwas überrascht. Es ist selten, hier einen anderen Menschen anzutreffen." Die junge Frau sah Felia mit ihren tief braunen Augen an und strahlte über das ganze Gesicht, während sich ihre lockigen, roten Haare um ihren Hals legten. In diesem Moment konnte Felia nicht anders, als sie in Gedanken als Wunderschön zu bezeichnen. Die beiden jungen Frauen setzten sich nebeneinander auf den Baum und begannen eine Unterhaltung. Schon bald redeten sie miteinander, wie zwei alte Bekannte. Felia erzählte von ihren Erlebnissen ihrer Reise, während die Schönheit erzählte, dass sie im Wald regelmäßig nach Kräutern suchte für ihre überall bekannten Pfefferkuchen.

„Ich lebe hier ganz in der Nähe, in einer kleinen Hütte tief im Wald. Ich würde mich sehr über deine Gesellschaft freuen." Dankend nahm Felia das Angebot an und folgte der jungen Frau namens Merlinde über einen kleinen Trampelpfad, mitten durch Büsche und Bäume hindurch, bis sie nach einem längeren Fußmarsch an der Hütte ankamen.

"Glück ist das Einzige, das sich verdoppelt, wenn man es teilt."
Albert Schweitzer

Kapitel 7: Eine Freundin

Am nächsten Morgen verließen die beiden jungen Frauen die kleine Hütte und machten sich auf den Weg in das nahe gelegene Dorf. Am Vorabend hatten sie gemeinsam einige Pfefferkuchen gebacken, um sie nun dort zu verkaufen. Es war sehr früh, doch der Weg bis ins Dorf war auch recht weit. Felia empfand den Weg ins Tal jedoch nicht lange, da die beiden ununterbrochen über alles Mögliche redeten. Sie hatten sehr viele Gemeinsamkeiten: fast im selben Alter, elternlos, auf sich gestellt aber zufrieden mit dem, was sie hatten.

Im Dorf angekommen, zeigte Merlinde ihren Lieblingsplatz, um die Kuchen anzubieten. Es war eine kleine Ecke auf dem Marktplatz, umringt von Ständen mit Lebensmitteln, Körben, Krügen und anderen Alltagsgegenständen. *Für so ein kleines Dorf gibt es eine wirklich große Auswahl,* dachte sich Felia. Sobald die Marktbesucher merkten, dass Merlinde anwesend war, kamen sie zu ihr, um auch ein paar ihrer Pfefferkuchen zu erstehen. Sie hatte nicht gelogen, als sie sagte, ihre Pfefferkuchen wären sehr bekannt.

„Eure Pfefferkuchen sind so erfrischend, Ihr solltet wirklich öfter kommen!", meinte eine Frau, die gleich einen kleinen Vorrat gekauft hatte. „All jene, die ich kenne, sagen Eurem Pfefferkuchen eine heilende und belebende Wirkung zu!" Erfreut über dieses Lob, gab Merlinde der Frau noch einen kleinen Bonus dazu.

Schon am frühen Vormittag war alles ausverkauft. Merlinde gab Felia einen Teil des Geldes. „Dafür, dass du mir beim Backen geholfen hast", meinte sie freudig lächelnd. Da kamen zwei Leute auf sie zu. Ein groß gewachsener Mann mit finsterem Blick und hervorstehenden Zähnen und eine dünne, fast knochige Frau mit ungepflegten Haaren.

„Wieder alles ausverkauft? Gute Merlinde, wenn Ihr uns das Rezept verratet, so werden wir Euch dafür reichlich entlohnen. Überlegt doch einmal! Ihr müsstet nicht immer in unser Dorf kommen, Eure Kunden könnten jederzeit Eure Pfefferkuchen haben und Ihr bekommt regelmäßig einen Teil des Gewinns." Die gelben Zähne des Mannes standen noch deutlicher vor als er grinste.

„Lieber Hans, gute Grete, es tut mir leid, aber ich gebe Euch mein Rezept nicht. Es ist von meiner Mutter und ich will es behüten, wie einen Schatz." Damit verließen die zwei jungen Frauen den Marktplatz. Zwei finstere Blicke folgten ihnen, bis sie außer Sicht waren.

„Ich danke dir vielmals für diesen Tag Merlinde. Es hat sehr gut getan mit jemandem über alles reden zu können." Merlinde lachte kurz und gab auch ihrem Dank Ausdruck. Sie umarmten sich, mit der Gewissheit, dass nun der Zeitpunkt des Abschiedes gekommen war.

„Wir werden uns ganz sicher wiedersehen. Wenn du irgendwann auf deinen Reisen wieder hier an diesem Dorf vorbeikommst, dann besuche mich und erzähle mir alles über deine Reisen in fremde Gefilde."

„Ja, das werde ich tun. Ich verspreche es." Zufrieden lächelte Merlinde sie an, griff dann in ihre Tasche und holte ein kleines Bündel heraus mit einer Portion Pfefferkuchen. Dann drehte sie sich um und ging den Weg zurück in den Wald.

"An allem Unfug, der passiert, sind nicht etwa nur die Schuld, die ihn tun, sondern auch die, die ihn nicht verhindern."
Erich Kästner

Kapitel 8: Die Hexe

Als es langsam dunkel wurde, suchte sich Felia eine Taverne zum Übernachten. Da dieser Ort recht klein war, gab es auch nur ein Gasthaus, in dem man einkehren konnte. Die Fenster waren hell erleuchtet und von drinnen hörte man rege Unterhaltungen, Gelächter und Gegröle. Felia trat durch die Tür und durchquerte den Raum mit den vielen, meist angetrunkenen und größten Teils aus Männern bestehenden Leuten. Beim Wirt angekommen, fragte sie nach einem Zimmer und nach einer warmen Mahlzeit. Nachdem der Preis ausgehandelt war, setzte sich Felia in eine Ecke der Schenke und wartete auf ihr Essen. Interessiert beobachtete sie die anderen Gäste, lauschte ein paar Gesprächsfetzen. Meist nur belangloses Meckern. Gerade, als ihr Essen kam, betrat eine kleine Gruppe den Raum. Lautstark schwangen sie die Tür auf, stampften mit ihren schweren Stiefeln bis zum nächsten Tisch und einer von ihnen stieg wackelig auf ihn. Es war Hans, den Felia früher an diesem Tag kennenlernen durfte.

„Ihr guten Leute!", rief er. „Ihr wurdet getäuscht! Betrogen! Belogen! Und keiner von euch hat es bemerkt. Macht die Augen auf!" Er stampfte mit einem Fuß auf den Tisch und traf dabei eine Schüssel mit Suppe, die nun durch den halben Raum flog. „Wir haben eine Hexe unter uns, die euch verzaubert hat, mit ihrem falschen Lächeln, mit ihrer falschen Freundlichkeit. Und ihr habt nicht einmal bemerkt, wie sie langsam euch und eure Familien vergiftet hat! Seht doch!" Gebannt schauten alle zu der dunkel gekleideten Person, die neben Hans aufgetaucht war. Sie nahm langsam ihre Kapuze ab, zum Vorschein kam Grete. Doch ihr Gesicht war verunstaltet. Es waren Narben, Verbrennungen, blaue Flecke, Pocken und undefinierbare Spuren zu sehen. Die Menschenmenge hielt schockiert den Atem an. „Sie hat nur einen Bissen von dem verfluchten Pfefferkuchen genommen, und schon traf sie der Fluch der Hexe!" Er griff nach einer Axt, reckte sie in die Luft und schrie: „TOT DER HEXE!" Alle grölten mit, standen auf, bewaffneten sich mit allem, was sie fanden und verließen als Mob die Taverne. Schockiert rannte Felia hinterher.

Sie wollte vorausrennen, dem Mob zuvorkommen, ihre Freundin retten. Doch es war dunkel.

Wo ging es noch gleich zu der Hütte? War es rechts oder links herum? Schneller, sie musste unbedingt schneller sein als die anderen. *Rechts herum!* Sie rannte, so schnell sie nur konnte. Hinter sich konnte sie die Rufe der Männer hören, von weitem sah man den Fackelschein durch die Bäume funkeln. Aber das Feuer schien in eine andere Richtung zu laufen. Felia blieb erschrocken stehen. *Es war doch links! Neinneinnein!* Egal wie schnell sie nun rannte, sie würde sie nicht mehr einholen, sie würde Merlinde nicht rechtzeitig erreichen. Doch sie rannte weiter, mit Tränen in den Augen und schmerzenden Beinen.

Als sie an der kleinen Hütte ankam, brannte sie schon lichterloh. Die Männer hatten die beiden Ausgänge versperrt, sodass niemand aus der Hütte fliehen konnte. Hans stand triumphierend vor dem Eingang, ein teuflisches Grinsen auf den Lippen, welches nur noch breiter wurde, als man einen letzten, markerschütternden Schrei von der Hütte hörte, der langsam verstummte.

"In der Wut verliert der Mensch seine Intelligenz."
Dalai Lama

Kapitel 9: Die Betrüger

Noch bis in die frühen Morgenstunden stiegen dicke Rauchwolken zum Himmel empor. Schon seit einigen Stunden war Felia allein bei den Überresten der kleinen Hütte im Wald, die Dorfbewohner waren schon lange fort. Felia jedoch wollte ihre Freundin nicht verlassen. Ihre Freundschaft war kurz, aber so verbunden hatte sie sich noch nie mit jemand anderem gefühlt. Was sollte sie nun also tun? Als die ersten Sonnenstrahlen durch das Blätterdach vielen, waren keine Tränen mehr übrig, nur dieses erdrückende Gefühl in ihrer Brust. Sie wollte etwas tun. Nein. Sie musste etwas tun. Langsam stand sie auf, ihre Beine fühlten sich wie Blei an, dann machte sie sich auf den Weg zurück zum Dorf.

Sie fragte sich durch um dann zur Mittagszeit vor der Bäckerei von Hans und Grete zu stehen. Da die Stube jedoch geschlossen hatte, suchte Felia einen Weg hinein, und tatsächlich war eine Hintertür offen, durch die sie das Lager betreten konnte. Vorsichtig öffnete sie die

Tür und schlich durch die dunkle Kammer. Durch einen Türspalt konnte sie Stimmen hören. Es war Grete.

„Musstest du denn so fest zuschlagen? Das wird noch lange dauern, bis alles verheilt ist." Felia sah durch den Spalt in den Wohnraum. Dort saß Grete vor einer verdreckten Waschschüssel und betrachtete sich in einem kleinen Spiegel. Von den Narben, Pocken und Verbrennungen vom Vorabend war nichts mehr zu sehen, nur die blauen Flecken und eine aufgeplatzte Lippe waren geblieben.

„Es musste doch echt aussehen, wäre alles aufgemalt gewesen, hätte das sicher jemand bemerkt. Und selbst nach dem Tod der Hexe können doch nicht alle Wunden verschwinden." Er reichte ihr eine Salbe, mit der sie ihr Gesicht einrieb. „Kopf hoch, Weib! Wir haben das Rezept, nun können wir uns bald zur Ruhe setzen." Er wedelte mit einem Fetzen Papier und warf es triumphierend auf den Tisch. „War echt dumm von der kleinen, uns das Rezept nicht schon vorher zu geben. All das hätte nicht sein müssen." Ein dunkles Grinsen schlich sich über seine Lippen.

„Ach, rede doch nicht. Nie im Leben hätte ich ihr was von unserem Geld abgegeben! Selbst wenn sie uns es so gegeben hätte, so wäre sie trotzdem nun schon tot. Ich habe sie gehasst für ihre Beliebtheit und wie toll sie sich doch immer gefunden hat mit diesen verwunschenen, roten Haaren!"

„Wohl wahr." Hans lachte und streckte dann seine Hand zu Grete. „Komm nun endlich, wir werden noch im Gasthaus erwartet. Die Feier zur Befreiung von der Hexe hat sicher schon ohne seine Helden begonnen." Damit verließen sie den Raum zur Vordertür, durch die Backstube und dann nach draußen.

Felia huschte schnell zum Tisch, auf dem das Rezept lag. Sie nahm den Fetzen in die Hand und hielt geschockt inne. Der Zettel war hektisch beschriftet worden, überall darauf waren kleine Blutstropfen zu sehen. Tränen schossen ihr in die Augen. Wie sehr musste Merlinde gelitten haben vor ihrem Tod? Felia las die Zeilen, eine nach der anderen, dann erinnerte sie sich daran, was ihr Merlinde über die Pflanzen im Wald erzählt hatte.

Kapitel 10: Die Rache

Felia suchte eine Schreibfeder, nahm sich eine von einem kleinen Sekretär, kritzelte eine weitere Zutat auf den Zettel und dabei veränderte sie noch ein paar andere Details. Sie versuchte so gut wie möglich die Schrift ihrer Freundin zu imitieren, was nicht sonderlich schwerfiel, da alles sehr schnell hin gekritzelt und ohnehin kaum leserlich war. Was auch immer nun passieren sollte, war die Schuld all jener, die bei dieser Hexenjagd beteiligt waren. Doch Felia zögerte. War das hier denn wirklich richtig? Was, wenn Unschuldige dabei leiden müssten? Aber war Merlinde nicht auch eine Unschuldige gewesen? Niemand aus der Taverne hatte sich für sie eingesetzt, sie sind entweder einfach in blinder Wut losgezogen oder blieben auf ihren Stühlen sitzen, als ginge sie das nichts an. Also waren sie nicht unschuldig, keiner von ihnen, niemand aus diesem Dorf.

Sie legte die Feder zurück, strich noch einmal über die kleinen Blutstropfen auf dem Papier und legte es wieder auf den Tisch. Als wäre sie nie da gewesen, verließ sie dieses verfluchte Haus wieder durch die Hintertür und lies den Dingen ihren Lauf. Sie machte sich auf den Weg in die Taverne, sie hatte schließlich für eine Übernachtung gezahlt und sie würde nun nichts lieber tun, als zu schlafen.

In der Taverne war, trotz der frühen Mittagsstunde viel los. Es wurde gefeiert, einander zu dem Sieg gratuliert und im Mittelpunkt von all der Aufmerksamkeit standen Hans und Grete. Ihnen wurde Getränk um Getränk spendiert, alle wollten mit den Helden befreundet sein. Bevor Felia die Treppe zu den Schlafräumen hochging, hörte sie noch, wie die beiden ihren neuen Pfefferkuchen anpriesen, den sie ab morgen verkaufen wollten. Er solle „Hexenschreck" heißen und die bösen Geister vertreiben. Felia konnte sich ein leichtes Lächeln nicht verkneifen.

Ursprünglich wollte Felia nicht länger als einen Tag in diesem Dorf bleiben, doch nach den Ereignissen an der Hütte, wollte sie beobachten wie sich alles Entwickelte. Die neuen Pfefferkuchen verkauften sich rasant, doch es dauerte nicht lange, bis die ersten Menschen krank wurden. Nach und nach wurden immer mehr Leute krank, Kinder, Erwachsene und die Alten. Die ersten Todesfälle ließen auch nicht lange auf sich warten. Und schon begann die nächste Hexenjagd. Die Menschen erkannten, dass sie von den Pfefferkuchen krank wurden und die Stimmen im Dorf wurden immer lauter.

„Die Hexe war das! Sie hat unsere Pfefferkuchen verflucht!", versuchte sich Grete zu retten. Doch die Dorfbewohner waren so blind vor Angst und Zorn. Wie soll denn eine tote Hexe noch Flüche aussprechen können? Ein Flüstern hier, eine Anmerkung da, schon hatte Felia den Samen gesät. In einer besonders kalten Nacht, wurden Hans und Grete aus ihrem Haus gezerrt und auf einen großen Platz gebracht, an dem die Dorfbewohner bereits zwei große Scheiterhaufen erbaut hatten.

Die Menge rief „HEXEN!" und warfen Fackeln auf das Ehepaar zu. Als nun die Scheiterhaufen brannten, kehrte Felia dem Dorf den Rücken. Am Rand des Dorfes angekommen, hörte man zwei letzte, markerschütternde Schreie, die langsam verstummten.

"Es gibt keinen Weg
zum Glück.
Glücklich-sein ist der
Weg."
Buddha

Kapitel 11: Die Maurer

Als Felia durch den Wald lief, begleitete schon eine ganze Weile eine lange Mauer sie auf ihrem Weg. Sie war etwa einen Meter hoch und war überwuchert mit Moos, Gräsern und Farn. Sie bot einen wirklich schönen Anblick, doch wofür sie da war, wusste Felia nicht. Dann sah sie ein Stück den Weg entlang einen Mann, der bei der Mauer stand. Als sie näher kam, erkannte sie, dass der Mann mit einer Art Messer die Mauer bearbeitete. Sie blieb stehen und beobachtete ihn eine kurze Weile, bis er sie bemerkte.

„Junges Fräulein, wohin des Weges?" Er war ein netter, alter Mann mit weißen Haaren. Felia fragte ihn, was er da mache. „Ich reinige die Mauer, das ist meine Arbeit. Die Mauer beschützt unser Reich, sie darf also nicht unter der Vegetation nachgeben." Felia sah auf die Mauer, die hinter dem Mann weiter ging. Fast wie neu stand sie da, alle Fugen und Steine waren sauber. Da fragte sie, wie lange er dieser Arbeit denn schon nachginge. „Seit etwa zwanzig Jahren. Sie müssen wissen, meine Frau ist krank und ich muss meinen Sohn und seine Familie unterstützen. Ich habe sie zwar seit dem nicht mehr gesehen, doch durch mich bekommen sie ein regelmäßiges Einkommen." Felia bedankte sich für das Gespräch und ging weiter an der Mauer entlang.

Als sie am nächsten Morgen ihren Weg fortsetzte, bemerkte sie wieder einen Mann an der Mauer. Er hatte etwas wie eine Hacke in den Händen und bearbeitete die Mauer. Als sie näher kam, sah sie hinter ihm, dass alle Steine der Mauer fein säuberlich neben den Weg gelegt wurden, die Mauer existierte nicht mehr. Da fragte sie, was er da tue. „Ich baue die Mauer ab, das ist meine Arbeit." Da fragte sie ihn, was der Sinn dieser Arbeit sei. „Die Mauer ist schon sehr alt, die hält niemanden fern, also wurde mir aufgetragen, sie zu entfernen. Dies tue ich nun schon seit etwa zwanzig Jahren." Auf die Frage, ob er denn keine Familie hätte, zu der er zurückgehen könnte, antwortete er: „Nicht so ganz, ich war nie verheiratet, doch ich unterstütze hier meinen Bruder und seine Familie. Seine Frau starb kurz nach seiner Abreise, nun schicke ich seinem Sohn ein regelmäßiges Einkommen für dessen Familie." Felia war verwundert, verabschiedete sich dann und ging weiter.

Am Abend des nächsten Tages konnte sie ihren Augen nicht trauen. Da war wieder ein Mann, doch etwas jünger als die beiden zuvor. Erstaunt stellte sie fest, dass hinter dem Mann die Mauer wieder stand. Als sie näher kam, fragte sie den Mann, was er da tue. „Ich baue diese Mauer auf, das Material ist zum Glück schon hier." Felia fragte ihn, ob er dies denn schon seit ungefähr zwanzig Jahren tat. „Ja genau! Woher wisst Ihr das, junges Fräulein?" Felia tat die Frage mit einem Lächeln ab. Dann wollte sie den Grund erfahren, weshalb er das tut. „Mein Land ist ohne diese Mauer unge-schützt, irgendjemand musste diese Arbeit ja tun. Seit mein Vater verschwand, musste ich mich um meine Familie kümmern. So verdiene ich genug Geld, um meine Frau und meine zwei Kinder zu unterstützen. Ihr müsst mich nun entschuldigen, ich will noch dieses kleine Stück zu Ende bringen, bevor die Sonne untergeht." Verständnisvoll ging Felia wieder ihrer Wege. Sie wusste nicht so recht, was sie von diesen Männern halten sollte, die ihre Familien für so lange Zeit alleine ließen nur für ihre Arbeit und ob sie überhaupt voneinander wussten.

"Mut ist der Furcht zu widerstehen, die Furcht zu meistern. Und nicht die Abwesenheit von Furcht."
Mark Twain

Kapitel 12: Der Mutige

Als Felia an einer großen Ebene nahe dem
Wald vorbeikam, sah sie in der Ferne einen
Jungen, der Schafe hütete. Er saß auf einem
kleinen Felsen, umringt von seiner Herde. Auf-
merksam sah er sich ständig in alle Richtungen
um. Er konnte Felia nicht entdecken, sie hatte
sich in der Nähe einer großen Ulme auf den
Boden gesetzt und beobachtete ihn. Es war ein
schöner Tag, eine leichte Brise wehte über das
Gras und trug den Duft von Blüten zu der Reisenden. Früher saß sie oft so im Gras, wenn sie
ihre Schafe hütete. Jeden Morgen hatte sie sich
eine kleine Mahlzeit eingepackt: ein Stück Brot,
dazu ein bisschen Käse. Wasser war nicht nötig,
da nahe der Wiese ein kleiner Bach war, der
immer im Hintergrund leise vor sich hin plät-
scherte. Sie war damals nicht selten an solch
schönen Tagen einfach eingeschlafen, bis eines
der frecheren Schafe zu ihr kam und an ihren
braunen Haaren zog. Auf dem Heimweg bekam
sie immer wieder von den freundlichen Bewoh-
nern dieses kleinen Ortes irgendetwas zuge-
steckt, mal Obst, auch Gemüse, Käse, Fleisch,

Eier. Ihr ging es wirklich gut, trotz des frühen Todes ihrer Eltern.

Das waren noch unbeschwerte Zeiten, in denen sie noch nicht die Welt da draußen kannte. Doch nun, nach all ihren Erlebnissen, würde sie ihr altes, unwissendes Leben nicht wieder haben wollen. Sie stand entschlossen auf, ließ ihre Erinnerungen dort unter der Ulme und ging den Weg weiter.

Als sie dem Jungen näher kam, entdeckte er sie und nahm einen langen Stock, der neben ihm gestanden hatte, in beide Hände. Er packte ihn so fest, dass sich seine Knöchel an den Händen weiß abzeichneten. Erst jetzt sah Felia, dass er noch sehr jung zu sein schien, vielleicht elf oder zwölf Jahre alt. Sie ging vorsichtig näher heran und winkte ihm freundlich zu. Skeptisch beugte er den Kopf leicht zu einer angedeuteten Begrüßung. Sie sprach ihn an und versicherte ihm, dass sie ihm nichts Böses wolle. Noch immer unsicher lockerte er den Griff um seinen Stock.

„Du bist hier draußen ganz alleine? Du musst sehr mutig sein!" Beschämt sah der Junge weg.

„Ich bin nicht mutig. Ganz im Gegenteil", traurig setzte er sich auf seinen Felsen und stellte den Stock wieder in greifbare Nähe neben sich. Felia näherte sich ihm noch etwas und fragte ihn, wieso er denn so dachte. „Ich habe immer solche Angst. Hier in der Gegend gibt es Wölfe. Ganz große. Aber meinem Papa geht es nicht gut, er kann sich nicht um die Schafe kümmern. Also gehe ich mit ihnen jeden Tag hierher. Aber ich hab solche Angst, dass ich fast nie diesen Felsen verlasse. Ich habe keine ruhige Minute, immer muss ich auf der Hut sein." Felia lächelte, setzte sich neben ihn und sah in die Ferne.

„Du gehst also jeden Tag hier her?" Der Junge nickte. „Und du hast jeden Tag die ganze Herde im Blick?" Wieder ein Nicken. „Und Abends gehst du dann mit ihnen wieder den ganzen Weg alleine nach Hause?" Der Junge sah sie verwundert an und nickte wieder. „Na also, dann bist du der Mutigste von allen. Denn mutig sind diejenigen, die trotz ihrer Angst weiter machen und für die Sorgen, die es nicht selbst können." Die Augen des Jungen begannen zu Strahlen, dann ging Felia ihrer Wege und ließ den mutigen Jungen wieder alleine.

"Niemals wiederholt sich die Geschichte, sondern sie ist überall neu und frisch, unaufhörlich wiedergeboren wird die Sage."
Jacob und Wilhelm Grimm

Kapitel 13: Die Brüder

Es hatte zu regnen begonnen. Früher war Felia die Regenzeit sehr angenehm vorgekommen. Die Pflanzen bekamen Wasser, alles wuchs, der Wald und die Wiesen dufteten und die Luft fühlte sich gereinigt an. Das alles war wunderbar – solange man ein Dach über dem Kopf hatte und trocken blieb. Sie war nun schon seit dem frühen Morgen unterwegs gewesen und hatte mittlerweile aufgegeben sich von Baum zu Baum zu flüchten. Ihre Kleidung war völlig durchnässt, sie hing ihr schwer am Körper und der Regen schien sie noch weiter nach unten drücken zu wollen. Der Weg vor ihr wurde aber immer breiter, ein gutes Zeichen, eine Ortschaft sollte in der Nähe sein. Nach weiteren zwei Stunden kam sie endlich am Rande einer kleinen Stadt an. Sie klopfte an der erstbesten Tür und fragte nach einem Ort, um sich zu trocknen. Sie wurde weggeschickt, so auch am nächsten und auch beim folgenden Haus. Als sie schon aufgeben wollte, hörte sie jemanden rufen.

„Junge Reisende! Kommt zu uns, hier könnt Ihr Euch trocknen." Ein junger Mann winkte sie zu sich und ließ sie in sein Haus eintreten. Er bot ihr trockene Kleidung an und hing ihre durchtränkten Kleider vor den brennenden Kamin. Als sie sich an den Tisch setzte, reichte der Mann ihr eine Tasse mit heißem Tee. „Sagt, seid Ihr viel herumgekommen? Habt Ihr viel gesehen?" Mit großen Augen und neugierigem Blick starrte er Felia an.

„Ich denke, ich habe mehr gesehen als manch andere in meinem Alter und bin auch weiter gelaufen als mancher."

„Großartig! Würdet Ihr mir von Euren Reisen erzählen? Ihr müsst wissen, ich sammle für mein Leben gern Geschichten von überall. Bitte erzählt!" Da es draußen noch immer regnete und sie dankbar für den trockenen Platz war, begann sie von ihren Erlebnissen zu berichten. Über den Überfall in ihrem Dorf, der seltsamen Hütte im Wald, dem alten Mann, von ihrer Freundin Merlinde, von Hans und Grete und allem anderen. Es dauerte Stunden bevor sie endete. Der junge Mann hatte gespannt zugehört und sich zu allem Notizen gemacht. Nun begann er Fragen zu Einzelheiten zu stellen, das

Leuchten in seinen Augen wurde immer strahlender, je mehr er aufschrieb. Da knarzte es an der Tür und ein weiterer junger Mann, gekleidet in einen langen Mantel, trat ein. Der Neuankömmling sah erst Felia an, die mittlerweile getrocknet war, dann den anderen Mann mit seiner Schreibfeder in der Hand.

„Wilhelm! Belästigst du wiedermal müde Reisende?" Dann drehte er sich zu Felia. „Ich hoffe, er war nicht allzu aufdringlich. Mein jüngerer Bruder kann zuweilen etwas euphorisch sein." Er warf seinem Bruder einen tadelnden Blick zu. Der ältere Bruder stellte sich als Jacob vor und bot ihr an, über Nacht zu bleiben. Als er sich seines Mantels entledigt hatte, erklärte er ihr, dass sie beide Schriftsteller waren und sein Bruder sich auf Geschichten und Sagen spezialisiert hatte. Noch den ganzen Abend wurde sie von Wilhelm befragt, während sein Bruder ihn immer wieder ermahnte.

Als Felia am nächsten Morgen das Haus verließ – es hatte aufgehört zu regnen – bat Wilhelm sie darum, ihre Geschichten für sein Buch zu verwenden. Sie nickte freundlich und verließ dann das Haus der Gebrüder Wilhelm und Jacob Grimm.

"Das Glück wohnt nicht im Besitz und nicht in Gold, das Glück wohnt in der Seele."
Demokrit

Kapitel 14: Die Hausherrin

Felia war auf einem großen Marktplatz. Durch ihre Reisen verdiente sie nicht gerade viel Geld. Durch kleinere Aufgaben, die sie von Anwohnern oder Bauern bekam, konnte sie sich immer wieder etwas zu essen oder einen Schlafplatz verdienen. Wie so oft war aber an diesem Tag ihre Geldbörse leer, genau wie ihr Magen. Sie sah sich um, auf der Suche nach einer Möglichkeit, an Nahrung zu geraten. Da bemerkte sie eine junge Frau mit einem großen, prallgefüllten Korb, sichtbar zu schwer für die zierliche Dame. Schnell lief Felia zu ihr und packte den Korb auf der anderen Seite um ihr zu helfen. Gemeinsam trugen sie den Korb zum Haus, in dem die junge Frau als Magd arbeitete. Felia bot auch hier wieder ihre Hilfe an, um in der Küche auszuhelfen, dankend nahm Victoria, die Magd, das Angebot an. Den restlichen Tag war sie nun damit beschäftigt Gemüse zu waschen, Teller und Töpfe zu spülen und Wäsche aufzuhängen. Als sie gerade die Unterkleider der Hausherrin im Garten in die Sonne hing, kam diese auf die kleine Terrasse des recht großen Anwesens und beobachtete Felia bei ihrer Arbeit.

„Wer seid Ihr? Ich habe Euch hier noch nie gesehen." Felia entschuldigte sich für ihr Eindringen und erklärte die Situation. „So ist das also. Victoria nimmt immer irgendwelche Streuner mit nach Hause. Nun gut, Ihr dürft für eine Nacht bleiben, aber macht Euch derweilen auch wirklich nützlich." Zornig verschwand die Hausherrin wieder im Anwesen. Victoria hatte die Konfrontation mitbekommen und rief Felia wieder in die Küche.

„Es tut mir leid, dass Ihr das Mitmachen musstet." Sie setzte sich seufzend auf einen kleinen Hocker neben der Kochstelle. „Wisst Ihr, früher war die junge Herrin nicht so. Als ihr Mann noch bei ihr war, war sie bescheiden und dankbar für alles, was ihr das Leben schenkte. Sie ist Mutter zweier lieber Söhne und hatte früher nicht viel. Ihr Mann wollte ihr mehr bieten und ist daher losgezogen, um bessere Arbeit zu suchen. Seitdem sind schon einige Jahre vergangen, jeden Monat kommt Geld von ihm, doch er kann seine Arbeit nicht verlassen." Sie nahm sich ein Tuch von einem nahe stehenden Tisch und begann die Kochstelle zu reinigen.

„Seltsamerweise kam nicht nur von ihrem Mann Geld, sondern auch von ihrem Schwiegervater und sogar dessen Bruder!" Plötzlich horchte Felia auf, irgendwoher kam ihr das bekannt vor. „Seit dem sie so viel Geld bekam, wurde sie immer unnahbarer, und materieller. Sie hat dieses große Haus, ihre wunderbaren Söhne, die selbst schon einer Arbeit nachgehen und hat wieder geheiratet. Aber von ihrer liebevollen Art ist nichts mehr geblieben."

„Glaubt Ihr, sie war früher glücklicher? Mit ihrem Mann an ihrer Seite, auch wenn sie nicht viel besaßen?" Felia dachte an den Mann, der so eifrig an einer Mauer baute, ohne zu wissen, wie es seiner Frau und seinen Kindern ging. Hätte er sich für sie das gewünscht?

„Nun, über das ‚was wäre, wenn' nachzudenken führt zu nichts." Sie stand wieder auf, nahm einen der Kochtöpfe, die Felia mittags gereinigt hatte und begann, das Essen für den Abend vorzubereiten.

Felia dachte noch lange über diese Geschichte nach. Sie war zufrieden mit ihrem Leben, auch wenn sie nichts besaß. Würde sie sich auch verändern, wenn sie an Geld käme?

"Gut zu reisen ist besser als anzukommen." Buddha

Kapitel 15: Die Reise

Es waren nun schon einige Wochen und Monate ins Land gezogen seit Felia ihr Dorf verlassen hatte. In dieser Zeit hatte sie viele Menschen mit ihren verschiedenen Lebensweisen, Gesetzen und Regeln kennengelernt. Sie hatte viele Dörfer, Gemeinden und Städte gesehen, alle auf ihre Art und Weise einzigartig. Als sie nun ein kleines Dorf betrat mit seinen vielen offenen Feldern, den kleinen Hütten und den freundlich grüßenden Menschen auf der Straße, erinnerte sie sich an ihre Heimat. Am Rande eines Feldweges setzte sie sich auf einen Baumstamm eines gefällten Baumes und betrachtete die Schafsherde auf der Wiese vor ihr. Ein Mädchen mit langen, braunen Zöpfen entdeckte die Fremde und ging auf sie zu.

„Hallo! Seid Ihr eine Reisende? Ich habe Euch hier noch nie gesehen!" Ohne eine Antwort abzuwarten, setzte sich das Mädchen neben Felia auf den Stamm und sah sie neugierig an. Irgendwie erinnerte Felia dieses Mädchen an sich selbst in längst vergangenen

Tagen.

„Ja, man könnte sagen, ich sei eine Reisende." Felia lächelte das Mädchen an.

„Ihr hört euch aber nicht sehr überzeugt an. Seid Ihr Euch denn nicht sicher, ob Ihr eine Reisende seid?" Überrascht über diese Frage, lehnte sich Felia etwas zurück und sah zum Himmel hinauf.

„Hm… Gute Frage. Wenn man auf Reisen ist, so hat man doch meist ein Ziel vor Augen. Man will an einem Ort ankommen oder bei einer Person." Sie beobachtete die vorbeiziehenden Wolken. „Ich glaube, ich hatte einst ein Ziel, aber das habe ich irgendwo auf dem Weg aus den Augen verloren."

„Was war denn Euer Ziel?", fragte das Mädchen mit wissbegierigen Augen.

„Ich glaube, ich wollte ein neues Zuhause finden, einen neuen Ort, an den ich zurückkehren wollte. Ich hatte schon fast so einen Ort, oder eher gesagt, so eine Person gefunden. Doch leider verlor ich dieses Zuhause fast so schnell, wie ich es gefunden hatte." Traurig sah sie zu ihren Füßen hinab.

„Dann bleibt doch einfach hier! Wir haben genug Platz in unserer Hütte!" Felia legte dem Mädchen lächelnd eine Hand auf den Kopf.

„Ich danke dir für dein Angebot. Aber ich habe mich an das Reisen gewöhnt. Es gibt dort draußen eine große Welt, die nur darauf wartet, entdeckt zu werden. Jeder Ort hat eine Geschichte zu erzählen, jeder Mensch hat so viele Facetten. Ich musste zwar auch erst lernen, mich nicht einzumischen, aber wenn man die Menschen einfach nur beobachtet, kann man so viel lernen. Ob jemand gut oder schlecht ist, kann ein Einzelner nicht beurteilen. Ich werde weiter reisen, um so viel wie möglich zu sehen. Und wer weiß? Vielleicht komme ich irgendwann hierher zurück."

„Ja? Dann müsst Ihr mir alles erzählen! Von all den Menschen dort draußen und den Orten die Ihr gesehen habt!"

Wieder lächelte Felia. Sie hoffte inständig, dass dieses Mädchen niemals dasselbe erleben sollte wie sie selbst. Aber jeder Mensch musste nun mal seine eigenen Erfahrungen machen.

Epilog

In einem großen, weiten Wald ist eine junge Frau unterwegs. Sie macht einen Schritt nach dem nächsten, unaufhaltsam bahnt sie sich ihren Weg durch den endlos scheinenden Wald. Sie begegnet auf ihrem Weg Menschen und Tieren, entdeckt geheime Wege, verborgene Hütten, kleine Dörfer und auch Städte. Keiner, nicht einmal sie selbst, weiß, wohin es sie führen wird, doch eines ist sicher: Sie wird niemals mehr stehen bleiben. Die Welt ist groß, mysteriös, erschreckend und wunderschön in all ihren Formen und Farben. Niemals kann ein einzelner Mensch begreifen, was alles um ihn herum geschieht, doch das Unwissen birgt die größte Anziehungskraft in dieser Welt.

Für jeden Menschen gibt es ein eigenes "Gut" oder "Gerecht", für jeden gibt es ein "Schlecht" oder "Falsch". In diesen Momenten zählen nur die eigenen Gefühle und Erfahrungen. Wie man dann damit umgeht, ist jedem selbst überlassen, so geschieht es nicht selten, dass man andere Menschen verletzt, ohne es zu wollen. Doch so ist diese endlose Reise. Jeder ist auf seiner eigenen Reise allein. Man trifft am Wegesrand immer wieder Menschen, die einen kurz begleiten und sich dann wieder auf ihren eigenen Weg machen.

Die junge Frau im Wald wird immer weiter gehen. Viele Geschichten warten dort draußen auf sie. Nicht alle sind schön, aber jede Geschichte ist es wert, erzählt zu werden.

Nun bist du dran.

Erzähle deine Geschichte

R.B. OSTRICH

Hallo an alle, die ihren Weg hierher gefunden haben. Mein Name ist Rena, geboren 1989 in der Nähe des Schwarzwalds. Ich hege schon viele Jahre eine große Liebe zu Fantasy Romanen, Geschichten und Märchen. In diesem Buch will ich nun meinen ersten Versuch starten. Ich bin gespannt, wo mich meine Reise eines Tages hinführt.

Loved this book?
Why not write your own at story.one?

Let's go!

MIX

Papier | Fördert
gute Waldnutzung

FSC® C083411

Zeitfracht Medien GmbH
Ferdinand-Jühlke-Straße 7
99095 Erfurt, Deutschland
produktsicherheit@kolibri360.de